歌集

# 川端通り

石井幸子

短歌研究社

# 川端通り　目次

I

III

三九七首

カバー作品　石井紀子
ブックデザイン　鈴木成一デザイン室

# 川端通り

# I

## 節分

鼻面に氷の匂ひを嗅いでゐる脚長の犬　冬はつとめて

鍋の弦土瓶の蓋の精霊もうかれさまよふ節分の夜

背負ひたる子の足がわが尻をうち弾むリズムの節分ありき

節分豆食ふは歳の数だけと言へばいふこと聞きし四人子《よたりご》

節分の写真載せたる子がブログ赤鬼らしいがなまはげに見ゆ

*

常連の逝けば喪中といふ飲み屋ありてぬくとし明日は立春

水琴のひびき思ほゆ目覚めたる春のあけぼの児がゆまりせり

冬帽子目深にかぶる川端に梅の花咲くひとところあり

ベビーカー　　長女の第一子

雲うかぶ青色長靴履ける児とならび歩けば空行くごとし

古地図には芦原なりける入江町船町たひらな路が続けり

ママと子に相談員も混じりつつおままごとするこども支援センター

人間が創りしよされど観音の千手思ほゆ童話児童書

拾ひたる小石ひとつに児は遊ぶ砂に埋めてどーこだどこだ

記念碑がお滑り台に見えてくるベビーカー押し広場を過る

二歳児のフライドポテトは電車から虹へとかはり蓑虫になり

小鳥抱くをさなご見れば人間の性善説を信じたくなる

その日暮し

亡き人のくつろぐ椅子もある茶房「花馬車」ジャズの低く流れて

スパゲッティミートソースを選びたり平凡は時に新鮮である

溶けかけたアイスクリームを最後まできれいに掬ふ外科医の手指

地下鉄の駅のベンチにポケモンの絵入り財布がはさまつてゐる

干し物を取り込みに出てやはらかな緑夜の月をしばらくあふぐ

くちばしに蜜吸ふ鳥のこころもち綿棒つかひ四隅をぬぐふ

わが姿勢なほしくれたる指の跡はなびらとなり肩にとどまる

病院の駐輪場のひとところ夏を絞りて向日葵の咲く

擬人法拒むがに見ゆいつぺんの雲のかけらもみあたらぬ空

嫁となり母となり義母となり婆となりその日暮しの猫を抱き寄す

高原の薊の花やゆふすげが風にゆるるを思ひて眠る

タクシーを待つ間聴きをり今日はもう蟬は静かな蜩の声

パーキング

助手席に編み物せしが伯耆富士あふぎてゐたりサンダル履きに

パーキングにも穴場のありてトラックの多く停まるは定食旨し

「ギョクイチ」はたまご丼笊《ざる》蕎麦一枚ジャンパー姿のどつかり坐り

落ちながら消えてなくなる滝ありと聞けばすがしきわが胸の内

秋の陽にしたたるカラス電線の上を歩めりためらひあらず

車椅子押され喫煙所に来たる老いの一服　うまさうである

くれなづむひむがしの空アクセルを踏みてこのまま駆けてゆきたし

# 筒井康隆『聖痕』読めば雷鳴のやうな性欲あるらし男

## 折り紙

大雨の降りし中洲の朝まだき鴨や小鷺が円陣を組む

ユーキャンのちらしに呟く「また今度」嘘ぢやないけど本気でもない

来年のカレンダーを貰ひたり未来受け取るやうでたぢろぐ

いくたびも折りて広げてくたくたになりてしまへど折り紙四角

平成二十四年十二月五日　勘三郎逝く（享年五十七）三首

寒風に皐月の鯉の吹き流し勘三郎のはやまりて逝く

髪結の新三団七法界坊いづれキュートなふくらはぎなりき

歌舞伎座の杮落しに花吹雪またくる春のさびしからむよ

歳末の飲み屋は淵の静けさに炭火に揺らぐしろたへとうふ

ツハブキに黄の花咲けり激流の渦の中にも咲く花ならむ

なくしたる未来がふいに顔を見すおほつごもりの引き出しの奥

三月になれば鯨を見にいくと真面目に語る知り合ひ一人

ゆつくりと蕎麦湯飲みをり人の世に痛み分けとふ言葉のありて

ト音記号の形になりて落ちてゐる輪ゴム見つける正月二日

よかよか

スタジオへ自転車急かす蠟梅の今年も匂ふ朝の坂道

もうすでにコーチしてゐる先生は肩胛骨にも目玉がふたつ

しくしくと耳に残れりいい人はどうでもいい人なのかもしれず

隣り家の雨樋はみだし垂りやまぬしづくの音が頭蓋を穿つ

映像に手をさしいれて死んでゐる小鳥を湖《うみ》より掬ふ夢見つ

高熱のひきたる後は深海魚昼夜を分かず眠りに眠る

水仙の花の匂ひが揺れてゐる歌を作るは旅に似てゐる

さざ波の毛糸となりぬなんどでもやりなほせるから編み物が好き

冬衣脱ぎたる今朝の軽やかさ体温計が平熱示す

レッスンを一月《ひとつき》休み弓なりにならぬ背中がよかよかと言ふ

自転車のペダルの高さに覗き見る塀のむかうの余所様のさくら

春

桃の花あらば買はむと入りたる花屋にコートの襟かきあはす

印鑑を押す時胃液のあがりくるああまつすぐがよくわからない

すれ違ふ行き違ふ春のゆふぐれを提灯ともる城下《しろした》通り

卵白を力まかせに泡立てる怒りの芯には悲しみがある

ファックスをいでくる紙のぬくとさに死にたる犬の腹思ひ出す

なにごともなかりしやうにパソコンの画面に三春のさくらを愛づる

鯨尺菊尺矩尺《かねじやく》天平尺　空尺《そらじやく》といふ定規もありき

あきらめとあきらめないがせめぎ合ふ空也はだまつて仏を吐けり

にんげんはせんなきかなや人形の治兵衛小春がしみじみ嘆く

## 初夏

ちひさきもやや小さきも水張り田となりてらんらん黒光りせり

水面にぽとり落ちたる蛍火のひかり曳きつつ流されゆきぬ

自転車のスピードゆるめ入りたる水溜まり初夏の青空映る

撒水のひかりあふるる園庭に泥を掬へる幼児とツバメ

使ひゐる蜜蠟くれよん青色のとびきり禿《ち》びて三歳になる

孫が描く家族の肖像唄ひつつ踊りゐるのがおばあちやんです

「寿」と朱書きされたるトラックのいつよりか見ずになりてみなつき

ビビッドなヤドクガヘルの原色を見つむるほどに唾液腺痛し

祇園祭

京都駅エスカレーター前に乗る人のをらねば左右を迷ふ

アリ、ヤア、オウ御所に蹴鞠の掛け声す藤原成通今日はおはさず

べつたりと汗のはりつく人混みにふんばりて待つ山鉾巡行

ゆらゆらと長刀鉾のあらはるるこの世のものにはあらぬ静けさ

鋭き声が「おさがりください」繰り返す　大人のひとはいふこと聞かず

巡行の去りたる端より手際よく信号ともる河原町通り

護摩焚きの煙が空とまじりゆきわれはいつしか合掌しけり

川端に出づればただよふ夜の匂ひ扇子ゆつくり開いて閉ぢて

## 細道

隣人は何思ひゐむ丈低き土塀の続く細道歩く

ふきわたる風に重たき柳の葉昼下がりとは暗がりのこと

ふぢばかま鉢に咲きゐる庭をぬけ背《そびら》すがしき御仏と会ふ

少年ゆ青年になる時の間の子は白葱の襟足なりき

カメムシのいくつ張りつくガラス戸を開くれば清少納言の嵐

「人の為」横書きすれば「偽《いつはり》」になると僧侶は笑ひつつ言ふ

大屋根のむかうひろごる秋の空おつとり群れてゐるひつじ雲

ライブハウス

グーグルの地図握りしめほうやれほうライブハウスに次郎を尋ぬ

落書きやチラシに埋まる壁つたひ階を降りゆくひるまず行かむ

踊り場に口あけてゐるぽりばけつ天気予報は大雪を告ぐ

カレー屋の賄ひ飯に日をつなぎギターになるのが僕の夢です

壁際に立ちゐる女子が彼女らしい「なごり雪」歌ふイルカに似てる

子がはじくギターの音がだいぢやうぶ生きてゐるよとわれに手を振る

＊

お茶の水「NARU」に通へる日日ありきたばこの煙とジョージ大塚

庭に置く甕に真冬の赤き魚ときにゆらめく種火のごとし

少年の次郎と行きし大仙陵古墳の写メール次郎より来ぬ

石といふ文字

純白は蒼みがかりて梅の花二輪咲きをりレジのかたへに

定年を待たず始めし蕎麦屋と言ふ揃ひのスニーカー履きて働く

「さをり」は一九六八年城みさをさんが大阪で始めた手織り。年齢や障害の有無を問わず自由に個性を表現することを目的としている。

工房と呼べばいささかアートめき次女が通へるさをり工房

さをり布七メートルは大堰川鵜飼ひの船が近づきて去る

珧瑯の鍋蓋おもくふさがりてうつらうつらと野菜が煮ゆる

*

きさらぎの光届きてしやかしやかとソーラー電池に子猫が踊る

ぬひぐるみの蛇も入れをり子が背負ふ旅行鞄はおほきな太鼓

「小人《せうにん》」の切符にぎりて棒立ちの背《そびら》押しやり地下鉄に乗る

どしどしと電信柱が歩くやうわが先立ちて地下街を行く

境内にいまだ人なき朝の時間しろまんさくの花がゆるるよ

石庭の波むなわけてゆく舟の後世にむかふや親子は一世

しばらくを悩みをりしが父親の土産に「足腰お守り」買ひぬ

みづからを宥めむとして手のひらに子は文字を書く石といふ文字

あふぎ見る弥生の空にうつすらと桃色満月浮かびてゐたり

# II

川端通り

花芽から蕾にかはり名のつきしもののみ見ゆる川端通り

咲き初むるさくらの花をきづかずに何に急ぎて歩みしわれか

わが耳にひとりぼつちと聞こえけり春かぎろひのハリルホジッチ

春されば ホースに水を引き伸ばし啀へ煙草に靴洗ふ人

川沿ひの喫煙場所に男女をり川を見ながらそれぞれひとり

いつかしら疎遠になりたる人と逢ふきれいに老いてさくら見てをり

醍醐寺の霊宝館の裏にあるしだれ桜が秘蔵のさくら

熟年の男性三人川端にすわりて柳の風にふかるる

印伝の合切袋柳茶の似合ひし坂東三津五郎逝きぬ

浮遊感

長き間を待ちたる電車なにごともなかりしやうにホームに入り来

この年を散りゆく桜のはなびらは彼の世にわたりし人のあしあと

花散りて静かになりたる紅枝垂れひらきて静かな楓の青葉

船酔ひの浮遊感ありひすがらにやはきみどりを浴びて帰れば

人形遣ひ二代目玉男と握手しつ手のひらうすし手指のほそし

ひとおもひに小春殺さぬゆゑよしを近松門左衛門《もんざゑもん》に尋ねたかりき

肩と肩ふれあふほどには近からず胡蝶花の白花浮かぶ夜の路

花季《はなどき》の過ぎてやうやうあらたまの年になりたり自転車を漕ぐ

越州

いつせいに五月の空を映しをり越後平野はいま水鏡

弥彦山神社の背後に越州の森はありたりくろぐろと深し

名にし負ふ燕三条にわが得たり茄子もおろすといふ卸し金

この歳に初めて知りぬ卸し金はたひらに置きて使ふべしとぞ

蔵元に利き酒尽くすなかんづく「雪椿」ゐまふ乙女のごとし

妙高に今年残雪おほきかなわが子をたたふるやうに眺めぬ

旨酒と鑿あれば江戸を離《か》れ越後に棲まひし彫り物師雲蝶

苔かづく空穂と赤彦の歌碑に遇ふ信州安楽寺木漏れ日眩し

武川忠一の歌に命令形多きこと思へば祈念のあらはれならむ

川魚

立ちながら呑む赤ワイン海賊は水のかはりにお酒を飲んだ

くねくねと身体《しんたい》よぢるストリートダンサー金管楽器に似たり

岩陰の苔のあひだに身をよする川魚となり映画観てゐつ

梅檀のあふるる小花風にゆれさびしもよ子が親になること

開け放つ玄関先にたつぷりと水もらひたるあさがほの鉢

氷砂糖甘かりしかなプールより出でたるのちにひとつ貰ひき

スカートの裾はひらひら蝶になりひめぢよをん咲く川端の道

母が子を抱《いだ》く絵柄に見えてくるリビングルームに干すバスタオル

独りの時間

町内に酒屋なりしといふ家あり今日は鼓を打つ音聞こゆ

ジャガイモを卸しとろみをつけようかひとり遊びにカレーを作る

さふらんの蘂は遺品の爪に似てパラフィン紙にくるまれてあり

あふむけの腰にテニスのボール敷きああそこそこと独りの時間

蕎麦つゆにそば湯を割りて飲みをればからだの芯がやはらかくなる

高齢者になりてしまひぬ　忠兵衛が羽織落とすをこそばゆく観る

こもりたる気泡がひざしに透きて見ゆ波打つ硝子に過ぎし百年

しらん顔してゐるけれど来し方は鉛筆書きにあらねば消えず

なんとなう象のにほひのするやうなジャスミンティーを飲みゐる良夜

真夜中を口まで湯舟につかりをりもしや海月になれるかもしれず

善悪のさかひに人は生まれ落ち萩の白花さかんに咲けり

新生児

長女の第三子

なかぞらに何かうれしきものあらむ生後三日目ふにあと笑ふ

全身に未知の世界を触りゐむハリセンボンとなり新生児泣く

足首に掻き傷の見ゆ靴下をぬぎてむすめがぺたりと坐り

二ヶ月で二倍にふくらむ乳飲み子の背中をさする　しんどからうよ

泣くじかん乳のむ時間ねむる時間ときをりふかき湖になる

年金は終身ですから「終身」がわが死と気づくまでの時の間

研究と仕事と三人子《みたりご》育てゐるむすめが放つ熱気にあたる

# 諦めと知足は似たり寝入りたる児のかたはらに読む『夢十夜』

## 雲

たかむらを風ふきわたる光琳の雲よりかろき宗達の雲

常温の酒を充たせる片口の底辺の蛇の目ゆれて艶めく

読むたびに呪文と思ふ品書きの　やまうに　きずし　くもこ　はりはり

十年後の太郎のやうで呑み客の四十四歳なにか懐かし

当たり籤ひきたる気分にわが食むはきつね饂飩の薄味きつね

おすもじに天ぷらあげておぜんざい折口信夫の家も藪入

知り合ひの逝きてひとつき唐突に握手せし手の感触顕《た》ち来

咲き始め咲き終りある蓮の花どれがわが花池巡りつつ

木に作る塀や引き戸はわづかなる隙間のありて光をこぼす

みづからの変化《へんげ》知らえず生成《なまなり》の面にひらたき人間の鼻

もろこ

だいこんの太さに育ちてしまひたるズッキーニ夏も終盤となる

灸花《やいとばな》、屁糞葛と呼ばれけり名を知るのちは親しみ深し

オヒシバと力くらぶる四歳がなかなか勝てず悔し泣きせり

包丁を紙にくるみて研屋まで持ち行くはやまる鼓動聴きつつ

たとふれば管の楽器のさまざまが一斉に鳴る朝焼けの空

われが知るもろこは佃煮醤油色泳ぐもろこの銀色に照る

坐りゐし母のかたへの菓子入れに小銭たまれり釦もまじる

耳たれて

人間が地震を起こす世となりぬ耳たれて犬が国道わたる

刺すやうなこの世のひざしハマナスの赤き珠実が爆弾に見ゆ

山萩の繁るにほそき道のあり狐がとほる道かもしれぬ

いつしんににほひ嗅ぎゐる犬の時間砂に混じれる石英ひかる

橋脚につきかげ触れてゐたりけり睦み合へざる耳男と夜長姫

縁切りの小さき洞に貼られゐるお札が獅子の鬣《たてがみ》に見ゆ

縁いくつ切りて来にけり川端のさくら紅葉を吹き散らす風

水甕は秋天蒼きを映しつつ底ひにしんと泥を積もらす

梵鐘

長き間を眺めてをれば組み石がいまし飛び立つ鳥になりたり

貴船石鞍馬石よしなかんづくその他大勢の鴨川の石

知らぬこと世に多きかな京都市営烏丸線に奈良へとむかふ

正倉院御物見巡り楽しもよ白銅塊《アンチモン》とふレアメタルあり

杏仁や梔子型の御鈴ありいかな音色に世を祓へしか

旅に出でて君が撞きたる梵鐘のおもひもよらぬ円満な音

いくつものお堂参りてゐるうちに良い人にならねばと思ひたりけり

金木犀にほふ坂道連れ合ひと語るともなく夕暮れ歩く

をみなご

去年より罅のひろごる焙烙と思ひながらにぎんなんを炒る

灰がちの炭火わろしといひきりしは清少納言の若さなるべし

ひなたぼこするからおまへもついてこい猫言ひたればわれは従きゆく

冬の川ひくく流れて川端と中洲が指をからめてゐたり

孫どちが日日を暮らせるマンションに押入れあらず襖のあらず

叱られて食卓につくをみなごが白いご飯に涙を落とす

天井をあふぎ泣きしにこのゆふべ俯きて涙落とすをみなご

息白く洗濯物を干すあしたベランダに鳥の糞落ちてゐる

這ひ出だしまた潜り込む押入れがわが家にありて孫《こ》が秘密基地

つもりたる雪が夕日に染まりをり鶴舞ひ降りるやうな気がする

長煙管

せつかちにはわからぬ味があるらしく猫舌が朝の珈琲を飲む

らふばいの花咲ききそひ咲きそろひ他人《ひと》のよはひが気になりはじむ

夫とわれなにを競ひて譲らざる旅の些細な記憶違ひを

藁小屋に独活は育ちてゐるならむ洗ひざらしの布巾をたたむ

日日《にちにち》は過ぐるにあらず失せるなり沈めるメダカを割り箸に摘む

ゆく春のペットショップにしらたまの小鳥の擬卵売られてありぬ

壁ならず扉にあらず家ぬちに襖と呼ばふ結界ありき

花魁が使ひしといふ長煙管われも使ひてみたきよ暮春

## 音符

名古屋から松本までは揺れるなりこぼさぬやうに呑みほす麦酒

信州の風は白いろ蕎麦の花咲ける一面さざなみたてり

管弦の音やはらかく鳴り出だし髪の生え際さはさはとせり

身のうすくなりたる小澤征爾《をざは》立ち上がる坐してタクトを振りてありしが

楽音の終息する時永遠のしじまと思ふたまゆらのあり

内田光子と小澤征爾はしばらくを抱擁しやがて舞台を去りぬ

演奏会終り夜空をあふぎたり音符は星の転生ならむ

初めての団体旅行にひとつ買ふフレッシュプラム嗚呼甘すぎる

## のど飴

空豆にならむ気負ひに育ちゐるスナップゑんどう今年はぬくい

長き間を逢はねば若きままの人なじみの顔がまなうらに顕つ

幼児期の記憶おほかたあらねども山羊のミルクのなまぬるきこと

新学期の眼科検診遮眼器をしんめうに持ち並びゐたりき

のど飴に喉を湿《しと》らせ古稀近くなりても慣れぬ人の世に棲む

音楽をまなこになぞる感じせり有元利夫の銅版画集

そんなにも嬉しくないが大笑ひしてゐるウサギのスタンプ貼りぬ

隙間ならあるのだけれどしなやかな猫のやうにはすり抜けられず

エプロンは天の羽衣すつぽりとうつつ忘れて牛蒡を刻む

「向日葵図」

わが初《うひ》に降り立つバス停「六本木ヒルズ前」ここはいづこぞ地下の一角

エレベーター乗るまでを待ち降りて待ち「向日葵図」までつくづく遠し

人混みのあひより見たる「向日葵図」いちりん異界にたたずみてをり

細竿にもたれ立ちゐる向日葵の花あふぎつつ描きしならむ

北斎が描きし向日葵その頭花見つめてをれば神鏡となる

ひまはりの筒状花黄とみどり色薄くて向かう側が見えさう

向日葵は北斎画狂老人の自画像ならむひよろと立つ茎

あたたかき汁になじまず黒塗りの椀にするりと蓴菜《じゅんさい》うかぶ

寄せ植ゑ

菊花展終れば広場に戻りゆく追肥のにほひただよふゆふべ

からびたる泥の甲羅に動かざる亀ありしかし首あげてゐる

昼時のニュースに見たり焼き菓子の名前のやうなセシウムボール

広重の「気比の松原」この山のむかうに美浜原発がある

卵を抱く鳥のくちばし躊躇なし正当防衛といふは攻撃

秋の夜をあかりともらぬ部屋あらむ鍋や茶碗がとまどひをらむ

国体が微笑みながらゆつくりと画面過れりいづくへむかふ

青苔は仏法以前からありて今朝は師走の雨に濡れをり

火を止めて鍋に保温のカバーせりささやかすぎて恥づかしくなる

寄せ植ゑの隙間埋めるパンジーを大晦《おほつごもり》のひざしが照らす

核兵器廃絶の歌うたひゐき佐藤しのぶ逝きてのち知る

授かりし声を返すと天上に昇りゆきけむ佐藤しのぶは

雪降るとひとりが言へばおのづから窓に寄りゆき空を見あぐる

# III

みぞれ

目鼻立ちきれいな人と行き逢へり冬の匂ひの濃くなるゆふべ

甕底に金魚しづみて手のひらに受けるみぞれは雪よりさむし

春を待つきもちが蔵ひさせにけむ冬の帽子をまたとり出だす

知り合ひと会はぬ街なり巾着の紐をゆるめて次女と連れ立つ

「柿志婦」の看板あれば店ならむ河原町通りに祠のごとし

木屋町の二条辛夷の花ちれば木屋町三条さくらがひらく

吊られゐる青空なれど逃げ切れるやうな気がする桜が咲けば

＊

「令」の字が形容詞とは思はずき筍届き平成去りぬ

レイドバトル

ポケモンの龍《ギャラドス》なんぞを道連れに遊びをせむと夜の街に出る

ピカチュウの帽子をかぶりスカートは黄色と決めをり仮想のわたし

ケイタイがともす灯りにぼんやりと若者どちの顔が浮かべり

宵闇の物陰にゐて見知らずと力を合はせレイドバトルす
ほむらたつスマホ画面を連打せり人差し指に精魂こめて

レイドボス倒さむとする一体感スマホ画面に見ゆるぞ愉快

ひとときを力あはせるゲーマーに高齢者混じるを誰も知るまい

ケイタイの灯り消したりレイドボス倒せば見知らぬままに散りゆく

ポケモンGOしてゐるらむか公園に項垂れてゐるおとなが四人

河豚鰭

一枚となりてかしがるカレンダー師走なれども書き込みあらず

棒をもつはなにか嬉しくこつそりと素振りしてゐるリビングルーム

日の丸の旗掲ぐるが億劫になつたと夫がぽつつり言ひぬ

連れ合ひも古稀を迎ふる齢なり今年の屠蘇は大杯に注ぐ

瀬戸内の冬日に照りてそよぎゐる明石の蛸や備後の出平鰈《でべら》

両端を切られし柳の細き枝新芽生れたりひげ根も見ゆる

その時の気分に箸を選るわれとおのれの箸にこだはる夫と

八戸の合掌土偶の口元に夫はじんわり河豚鰭炙る

恋猫のせつぱつまつた鳴き声を言葉化せむとわが耳すます

川の面に真珠色せるあさかげの静かに映り寒のただなか

手をつなぎ若かりしかな息かけてくもれる銀のフレームみがく

無精卵かかへケージにうづくまる手のりの鸚哥　昼月のやう

梅の花探し歩きぬ長く住むわが町なれどけふは旅人

マスク

薔薇祭中止のビラとからびたる薔薇の花びら散り敷く駅頭

いくたびを手を洗ひゐるこの日ごろお釣りもらひぬ　手を洗はねば

さんじふを疾うに過ぎたる独り身の太郎の大きな靴買ひにゆく

あふちの木うすむらさきにけぶれるを橋より眺むマスク外して

喧嘩する二羽にあらたなカラス来て劣勢カラスの頭をつつく

松脂のねつとりしたる陽のなかにすぐ来るはずのバスを待ちをり

石垣に沿ふ道すがら積み石は勝負師のやうな熱気をはなつ

六人目《むたりめ》の孫としなれば土産にと安産祈願のお守り選ぶ

砥部焼の小鉢思ほゆ座布団にちんと坐れる次郎の嫁御

娘婿、息子の嫁はやさしくて他人の善意といふを思へり

わが抱くと思へる赤子を母が抱きおほはは抱けり寝ねぎはに見つ

瀬戸内海

おのづから見るべくあらぬ建物の裏側見つつ河口を下る

渡り蟹捕る船養殖海苔の棚たくましきかな児島の海は

十一時の方向を見よと船長言ふあれが犬島、その右豊島《てしま》

犬島の美術館にわが見たり三島由紀夫の家の階段

夫や子の話はしない不文律ゆるく守りて菓子を分け合ふ

彼方なる屋島が青くけぶりをり山の傾りを風吹きあがる

夕照りの瀬戸内海は濃藍色玉井清弘傘寿と聞きぬ

ビニールの袋あふれていつつむつ床にはづめる青梅の音

空き瓶

ネコジャラシそよぐかたへに捨てかねし空き瓶たちが収集車待つ

いづこより来たりしならむ乾びたる路地にこの年咲く半夏生

フレディーが逝き翌年にかむなぎのジョルジュ・ドンが死んでをりにき

ポケットにトランジスタラジオと唄ひをり忌野清志郎汗とばしつつ

わが好むアーティスト夭折タイプぞとゆくりなく知る自粛の日日に

保健室の匂ひといふがありしこと思ひ出だしたりボウモアを呑む

目を伏せてレジ打つ人のアイシャドー雨に濡れゐるあぢさゐの色

みなつきのゆふぐれ長しさんじふにならば死なむといふ歌ありき

目を閉ぢて坐りてゐたりみつよつつあたまのなかを海月が浮かぶ

寺町通り

寺町の餅屋の白き貼り紙に墨の色濃く水無月の文字

定休日は月火水木金土日　三月書房のはりがみ簡素

「通ひ路は二条寺町夕詠《ながめ》」西鶴の句碑雨につやめく

昔から社会的距離を保ちゐる鳩居堂に雨宿りせり

人間用防虫香といふがあり恥づかしながら購入したり

雨が降る寺町通りをくだりゆく修学旅行の時も降られき

＊

「蒼白の馬」が死《デス》の象徴と読めざりき今宵ひらく『朝狩』

再現模造（正倉院御物）

マスクして誰も無言の始発駅秘密結社に集まるごとし

古代史に学びし「調」の布かこれ春のあわ雪降りゐるしじま

夜光貝玳瑁《たいまい》海のものどちの琵琶ひくときにかがよふらむか

ポケモンのナッシーが琵琶に描かれをり人に言うてはならぬと思ふ

葎《むぐら》なすびやうやなぎの暗闇に吸はるるごとく猫の入りゆく

四阿《あづまや》に敷きつめらるる真黒石《まぐろいし》傘のしづくに息ふきかへす

写実的な応挙の雀ばうばうの栖鳳のスズメ二幅掛けあり

産直の市場にあがなふ大根のいまだ朝霧まとふや涼し

一泊の旅を帰りて裏玄関あくれば古き家の匂ひす

# 原色

次男の第一子

立ち歩きいまだなさざる足裏のふたつふつくらエクレアのやう

マトリョーシカかぱりとあけてみどりごはオオッといはねどそんな顔する

離乳食市販の鯛飯弁当の味見をしたりなかなかの美味

義娘《こ》が使ふ神戸なまりの「こーへん」は空気抜けたる浮き輪のかんじ

乾かざるおしめにアイロン使ひしと思ひながらにパンパース捨つ

赤子といひみどりごと言ひひよひよの命は原色なれば疲るる

潜水艦の中の静けさみどりごが帰りゆきたるのちの飲食

後ろ手に背中温めてゐるだけの焚き火を囲む会などなきや

## かたわれ

当番医なれば診《み》し人陽性とわかりて後の夫の困惑

間借り人のやうな夫とはなりにけり電話やメールにもの言ひあへり

かはりなく作る食事を盆にのせ運ぶばかりに礼を言はるる

かたわれが逝きたるのちも木に風がよりそふやうな互ひと思《も》へど

午後六時以降になります陰性は連絡せずと保健所は言ふ

保健所ゆ連絡なきをじんみりと待ちて二時間　そろそろよいか

そんなにも酔つてないけど坂道をのぼる感じに廊下をあゆむ

かたわれがすとんと消えてしまふ日の卓にもあらむバナナ一、二本

さをりの空

花水木桜もみぢの降り積むに鼻さしいれて犬が尾をふる

四分音符八分音符によぎりゆく黄色い帽子の健常児たち

保護者どち集ふさをりの展示会やまゆり園の話はしない

子につきて坐れるわれに先生は足元ヒーター向けてくれたり

こびとさんが頭のなかにゐるらしく娘は一日しやべり続ける

さをり布在庫ふえゆく工房に封筒貼りの内職が来る

工房の十時休憩あたたかき麦茶と飴ちゃん一粒選ぶ

四年間さをりせぬ子が立ち上がり糸を選べりまぼろしならず

母親は砦といへど生身ゆゑ葛根湯を茶わんに溶かす

ブロック塀越えてヤツデの繁りをり八手の花は木琴の音

風がきます光あてます歯科医師は時折りマスクのかげより言へり

見上げたる矩形の空にひろびろと曽爾高原のましろきすすき

留守居せし犬はかけより尾をふりてやまぶき色におかへりと鳴く

大根の青葉ゆさゆさ連獅子の毛ぶりのやうに揺すりたくなる

キッチンに子を坐らせて白髪染めしてやる時のしんめうな顔

ひとたびは鋏に摘みし豆苗が萌えてふるんと双葉をひらく

あかごなど居るはずなけれど赤子泣くやうな声する夜の裏庭

火傷せしコアラは自力に生きのぶる力あらずと安楽死させつ

なんとなう床に坐りてゐたりけりコロコロローラーころころ使ひ

＊

暖冬に咲けるはこべらひとつかみ小鳥の空にふんはりと置く

うすれたる写真のふたりサナトリウムに病む人と見舞ふ人のやうなり

黒松のちひさき盆栽あがなひぬ遅すぎるとは互ひに言はず

見知らずの二人となりて常温の英国麦酒を飲むカウンター

マン・レイの写真「アングルのヴァイオリン」時間がたつぷりありしあの頃

ふたたびを目覚めぬ寝際われの名を呼ぶのはあなたさう決めてゐる

ひと夏を芋となりゐしシクラメン咲きつぎ咲きつぎ明日は節分

迫力のなき夫婦かな年男ねずみの君とうさぎのわれと

「七十歳になるは覚悟の要る感じ」石川不二子の歌思ひ出す

まがねふく吉備に今しも住まへるやひさしぶりなる『ゆきあひの空』

雨あがる朝を自転車漕ぎながら角を曲がれば梅の匂ひす

＊

新型のコロナウイルス寄る波の汀に素手の町医者がゐる

感染をしませんやうに靴を履く夫の背中にもろ手をあつる

消毒の日日が続けり子が頭なづる夫の手しらちやけてをり

診断がつかず苦しむ夢見ると昨日言ひにき今朝も言ひたり

世はすべてこともあらじといふ顔の顎にマスクをかけてむすめは

いづれ施設に入れねばならぬといふ話しながらかれこれ二十年過ぐ

もう誰も弾かぬピアノの天屋根に並み立つスカイツリーのフィギュア

五欲なき吾子と社会のあひだには壁ありて子に障害をなす

珈琲の湯気にまなこをあたためて受給者証の説明を読む

行き止まる午後がゆふべに縺れこむ湯葉いりあんかけうどんを食はむ

わが部屋の壁に掛けおく鬼一尊ネットにむすめの居場所を探す

弱者へと矛先がむく書き込みに会へばしくしくネットを閉づる

ゆつくりと息を吐きつつ数へゐて百を越えたり今宵の羊

雨降ればくぼみに空をいただきて庭の踏み石お告げのごとし

三ヶ月織りてさをりの完成す指導の先生褒めつつ泣けり

「天空」と子が名付けたるさをり布スカイツリーがにあふ青空

朝靄の濃き川土手を散歩する鴨を追ひこし駅へとむかふ

感染をすれば閉院の怖れあり　スカイツリーに子を連れていく

人混みのなかを歩めりおしゃべりがやまざる娘のこゑ気にならず

天に地にひとりなることたふとしと誕生仏は水盤に立つ

## あとがき

『川端通り』は『江戸の犬』（二〇〇三年刊）『挨拶《レヴェランス》』（二〇一二年刊）に続く第三歌集です。「さをりの空」五十首で第九回中城ふみ子賞を受賞したことを契機に第二歌集以降の作品をまとめはじめましたが、いろいろと思うことが多くなかなか歌集にする決心がつきませんでした。しかし、造酒廣秋さんからご助言をいただいたことで踏ん切りをつけ、内藤明さんにお力添えをたまわることでなんとか第三歌集『川端通り』となりました。ここに記して感謝の意を表します。有り難うございました。

自作品を再読してみますと浪漫的であったり皮肉屋であったり、へなへなと弱いかと思えば肝っ玉母さん。或いは陽気なおばあちゃんなどなど、われながら役者の備忘録を読んでいるような気がしました。そしてその全てを統御している鵜匠のような〈我〉を想像すると気の遠くなるような感じがしますが、あまり深く考えず多面的な人間であるということで自分と折り合いをつけているところです。

次女が普通の旅行がなかなか難しいこともあり、十年前、長女が京都住まいとなったのを契機に一室借り受けることにしました。京都の作品が多いのはその為ですが、「音」京都支部の弥生会に気軽に参加できるようになりました。本歌集に時折登場する「川端」は鴨川の川端、長女宅との往来の道です。

玉井清弘先生をはじめとする「音」香川支部会に参加させていただくようになってから四半世紀を過ぎました。いつも温かく迎えてくださりまことに有り難く思っております。

最後になりましたが、短歌研究社の國兼秀二社長、菊池洋美さん、カバーに、次女のさをり作品を素敵に取り入れてくださった、鈴木成一氏と鈴木成一デザイン室のみなさまに、深く感謝いたします。

二〇二二年九月七日

石井幸子

音叢書

令和四年九月三十日　印刷発行

歌集　川《かわ》端《ばた》通《どお》り

著者　石井幸子《いしいさちこ》

発行者　國兼秀二

発行所　短歌研究社
郵便番号一一二-〇〇一三
東京都文京区音羽一-一七-一四　音羽ＹＫビル
電話〇三-三九四四-四八二二・四八三三
振替〇〇一九〇-九-二四三七五番

印刷者　ＫＰＳプロダクツ

製本者　加藤製本

検印省略



ISBN978-4-86272-724-4 C0092 